Der Wüstenharem

Band 1

Mitsuru Yumeki

DER Wüstenharem

1

Inhalt

JE MEHR EHEFRAUEN AUS GUTEM HAUSE EIN MANN UNTERHÄLT, ...

... DESTO MEHR MACHT DEMONSTRIERT ER DAMIT NACH AUSSEN.

HIER IST ES NORMAL, DASS EIN MANN MEHRERE EHEFRAUEN HAT.

Das Wüstenland Jalbara.

IN DIESEM LAND SIND FRAUEN BLOSS STATUSSYMBOLE.

WIR SIND UNS GERADE ERST BEGEGNET, ...

... IHR HABT MICH GEWALTSAM HIERHER VERSCHLEPPT ...

... UND JETZT GLAUBT IHR, ICH WÜRDE SO EINFACH EURE EHEFRAU WERDEN?

GANZ SCHÖN FRECH.

MEIN ENTSCHLUSS STEHT FEST.

EINEN MOMENT MAL!

5

GEBT IHR NEUE KLEIDER ...

... UND ERLÄUTERT IHR DEN HAREM!

ALS FRAU HAT MAN KEINE WAHL.

Ja.

BAMM

WENN ICH ETWAS WILL, MUSS ICH ES UNBEDINGT HABEN.

MIT DIR EINGERECHNET LEBEN IN DIESEM HAREM DREISSIG NEBENFRAUEN UND IHRE ZOFEN, ...

... DIE SICH UM SIE KÜMMERN.

GENAU DESHALB HASSE ICH DAS KÖNIGSHAUS!

ALS EHEFRAU BIST DU ENTWEDER EINE NEBEN- ODER EINE HAUPTFRAU.

ALLERDINGS HAT SICH PRINZ KALLUM BISHER NOCH NICHT FÜR EINE HAUPTFRAU ENTSCHIEDEN.

ICH FRAG MICH, WARUM ER SICH SO EIN UNTALENTIERTES, ARMES DING AUSGESUCHT HAT.

FAST ALLE IN DIESEM HAREM ...

... STAMMEN AUS EINER REICHEN FAMILIE ODER HABEN BESONDERE TALENTE.

ALS HAUPTFRAU KANN NUR EINE EINZIGE AUSGEWÄHLT WERDEN.

Das ist unbequem ...

TJA, GENAU DAS ...

... WÜRDE ICH AUCH GERN WISSEN.

HE, BENGEL!

WAS FÄLLT DIR EIN, PRINZ KALLUM IN DEN WEG ZU LAUFEN!?

DAHER ARBEITEN ALLE NEBENFRAUEN HART AN SICH, UM DIE HAUPTFRAU ZU WERDEN.

WAÄÄH

TAPP TAPP

KLACK

WIE REDET DIE DENN MIT DEM PRINZEN?!

DU BEGEHRST GEGEN DAS KÖNIGSHAUS AUF?

KANN DER PRINZ ...

... NICHT EINMAL WARTEN, WENN EIN KIND ÜBER DIE STRASSE LÄUFT?!

IHR SEID DOCH SELBER SCHULD!

ERGREIFT SIE!

BRINGT SIE IN DEN HAREM!

WEIL ICH GEGEN DAS KÖNIGSHAUS AUFGEMUCKT HABE, ...

... WAR ICH MIR EIGENTLICH SICHER, DASS MAN MICH IN DEN KERKER WERFEN WÜRDE.

MEINE FÜSSE BRINGEN MICH UM ...

Wo bin ich hier?

DIESER HAREM IST VIEL ZU GROSS.

KEINE AHNUNG, WARUM SIE MICH IN DEN HAREM GESTECKT HABEN, ...

ICH HAB MICH VERLAUFEN ...

PLOFF

KRIIIK

... VERSCHWINDE ICH VON HIER ...

... ABER ICH WERDE NICHT ZULASSEN, DASS DIE MIT MIR MACHEN, WAS SIE WOLLEN.

SOBALD ICH DIE GELEGENHEIT HABE, ...

DU WEISST WOHL NICHT, WO DU HIN-GEHÖRST, ...

... DASS DU EINFACH SO MITTEN IN DER NACHT IN MEIN SCHLAFZIMMER EINDRINGST!

OH, WIE PRAKTISCH.

ICH WOLLTE EUCH NÄMLICH FRAGEN, ...

PRINZ KALLUM!

... WARUM IHR MICH IN EUREM HAREM ...

FÜR EUCH SIND FRAUEN DOCH NUR GEGENSTÄNDE. IHR SAMMELT SIE, UM MIT IHNEN ANZUGEBEN.

UND WENN IHR SIE NICHT MEHR BRAUCHT, SCHMEISST IHR SIE WEG.

NUN, WAS SOLL'S ...

WIE SELBSTVERLIEBT!

DIE FRAUEN SAMMELN SICH VON SELBST UM MICH HERUM.

NEIN.

BLUSH

... DASS ICH ANDERS BIN ALS DER REST DER KÖNIGSFAMILIE.

ICH WERDE DICH MIT EIGENEN AUGEN SEHEN LASSEN, ...

KÜSS

WA...

EINE UNBEUGSAME FRAU ZU VERFÜHREN, HAT EINEN GANZ BESONDEREN REIZ.

... ABER JETZT BIN ICH NEUGIERIG, ...

EIGENTLICH WOLLTE ICH JA ABHAUEN, ...

WAS MACHST DU DA, ...

... DU PERVERSO-PRINZ?!

BATSCH

... OB ER WIRKLICH SO ANDERS IST, WIE ER BEHAUPTET!

OH ...!

WAS IST DENN PASSIERT?!

IN DER TAT ...

ACH.

EUER GESICHT!

... WÜRDE NIEMAND SONST AUS DER KÖNIGSFAMILIE EIN GEWÖHN-LICHES, MITTELLOSES DING KÜSSEN.

NICHT WEITER SCHLIMM.

VIEL WICHTIGER IST, DASS UNS HEUTE ABEND ...

Wahr-schein-lich ...

Das war die da ...

... MEIN BRUDER YOUSEF, DER ZWEITE PRINZ, BESUCHEN WIRD.

14

WIR WERDEN DIE ZOFEN DARUM BITTEN, DAS ESSEN VORZUBEREITEN.

...

EUER TANZ IST ZWAR EIGENTLICH ZU SCHADE FÜR IHN, ...

... ABER BITTE EMPFANGT IHN DENNOCH ANGEMESSEN.

UND MISHE, ...

ÜBERLASST DAS UNS!

... DU KOMMST AUCH!

ABER NATÜRLICH!

DABEI KANNST DU AUCH WAS LERNEN.

ES GENÜGT, WENN DU NEBEN MIR STEHST.

ÄH ...

WAS?!

ICH?!

Prinz Kallum!

DER KÖNIG LEIDET SEIT FÜNF JAHREN AN EINER SCHWEREN KRANKHEIT.

IST DOCH KLAR!

ALLE SIND SO FRÖHLICH.

ES IST LEBHAFT HIER.

SAGT MAL, ...

PRINZ KALLUM IST SCHLIESSLICH SPITZE!

Er ist so cool!

... IHR ALLE BEGEHRT PRINZ KALLUM, ODER?

Ach, echt?

UND DU BIST WIRKLICH VON HIER?

ALS DRITTER PRINZ HATTE KALLUM DEN SÜDEN ÜBERNOMMEN, DER AM MEISTEN VERFALLEN WAR.

TROTZDEM HAT ER ES IN NUR FÜNF JAHREN GESCHAFFT, DAS HIER IN DIE ERSTE HAUPTSTADT DES LANDES ZU VERWANDELN.

ERSTER PRINZ

ZWEITER PRINZ

KÖNIG

N

W   O

S

DRITTER PRINZ

ALSO UNTERTEILTE ER DAS LAND IN VIER PROVINZEN UND GAB SEINEN DREI ÄLTESTEN SÖHNEN DIE KONTROLLE ÜBER JEWEILS EIN GEBIET.

AUFGRUND SEINER KRANKHEIT FIEL DEM KÖNIG DAS REGIEREN ZUNEHMEND SCHWER.

ICH ERWEITERE MEIN WISSEN IMMERFORT, UM PRINZ KALLUM STÄRKER ZU MACHEN.

MICH HAT ER GELOBT, DASS ICH FLÜSSIG UND BEZAUBERND FREMDE SPRACHEN SPRECHE.

ICH WAR ARM, ABER ER HAT MIR GESAGT, DASS ER MIR SEINE KRAFT LEIHEN WILL.

PRINZ KALLUM HAT GESAGT, DASS MEINE MUSIK IHM BEI SEINEN VERHANDLUNGEN HILFT.

„ES IST DIE STÄRKE DER FRAUEN, DIE DIESES LAND VORANBRINGT."

KANN ES SO EINEN HAREM WIRKLICH GEBEN?

OB ER ECHT IST, ...

... DIESER GEGENSEITIGE RESPEKT?

ER HAT UNSEREM LEBEN HIER IM HAREM EINEN SINN GEGEBEN.

WIR SIND STOLZ DARAUF, WENN WIR IHM HELFEN KÖNNEN.

SO ... SO ETWAS TEURES KANN ICH NICHT ANNEHMEN!

ICH DACHTE SCHON, DASS DU DAS SAGEN WÜRDEST. ALSO HABE ICH ETWAS BILLIGES GENOMMEN.

SEI BRAV UND NIMM ES AN.

... DASS DU MEINE NEBENFRAU GEWORDEN BIST.

EIN KLEINES ANDENKEN DARAN, ...

WAS?

KLIMM

SIE REFLEK- TIEREN DAS MONDLICHT.

Glas- perlen?

D... DANKE ...

ES VER- STÖSST GEGEN MEINE PRINZIPIEN, EINE FRAU ZUM WEINEN ZU BRINGEN.

TROTZDEM HAT DICH EIN ANDERER MANN ZUM WEINEN GEBRACHT.

DU WEINST NICHT MEHR.

DAS IST TOTAL SCHÖN.

NOCH DAZU ...

HM?

Uaaaaah!

BATSCH

Einige Tage später

HEY!

Wie lange willst du mir das noch nachtragen?

ES WAR DOCH NUR EIN VERSUCH!

ZU MEINER EIGENEN SICHERHEIT!

WARUM GEHST DU MIR AUS DEM WEG?

TAPP TAPP TAPP

DARUM GEHT ES DOCH NICHT!

...WENN DU SO BEZAUBERND LÄCHELST, DANN BIST DU SELBST SCHULD.

„Diese Sache"?!

Komm, komm!

ICH MÖCHTE MIT DIR ÜBER ETWAS WICHTIGERES ALS DIESE SACHE REDEN.

24

SCHON GUT.

EIGENTLICH IST DAS JA DIE ARBEIT VON UNS ZOFEN.

VIELEN DANK FÜR DEINE HILFE!

IRGENDWIE ÄNDERT ER STÄNDIG DAS TEMPO!

ERHEITERE MICH RUHIG, SO GUT DU KANNST!

LASST MICH BITTE WENIGSTENS HIERBEI BEHILFLICH SEIN!

JEMAND OHNE BEGABUNG WIE DU SOLLTE SICH WENIGSTENS NÜTZLICH MACHEN.

RECHT SO.

... ABER WENN ER MIT DIR ZUSAMMEN IST, WIRKT ER SO VERÄNDERT.

PRINZ KALLUM BEHANDELT ALLE NEBEN-FRAUEN GLEICH, ...

Beachte sie nicht!

DIE SIND EIN BISSCHEN EIFER-SÜCHTIG.

EIFER-SÜCH-TIG?

... OBWOHL ICH DACHTE, DAS KÖNIGS-HAUS UND DER HAREM SEIEN SCHEUSSLICH, ...

... FRAGE ICH MICH JETZT, ...

GENAU, ER SPIELT NUR MIT MIR.

FÜR MICH FÜHLT ES SICH AN, ALS WÄRE ICH SEIN SPIELZEUG.

ABER ...

DAS ...

WIE SOLL ICH SAGEN ... FRÖHLICHER.

DANN ...

... WERDE ICH DAS TUN.

WEIBER!

IRGENDEINE VON EUCH SOLL DEM PRINZEN DIE WARTEZEIT MIT IHREM TANZ VER-TREIBEN!

... HÄTTE ICH SO GEDACHT.

NOCH BIS VOR KURZEM ...

KEINE SORGE!

PRINZ KALLUM WIRD EUCH RETTEN.

ICH WERDE EUCH ZEIT VERSCHAFFEN. NUTZT DIE GELEGENHEIT UND LAUFT WEG!

HÄ? ABER ...

DU UND TANZEN?

PRINZ KALLUM IST NICHT WIE DIE ANDEREN AUS DER KÖNIGLICHEN FAMILIE.

ER WIRD BESTIMMT ALLE RETTEN.

INZWISCHEN KANN ICH DARAN GLAUBEN.

ER HAT GESAGT, DASS IHR SEIN GANZER STOLZ SEID ...

... UND ER AUF KEINE VON EUCH VERZICHTEN KANN.

DU?

DU HAST WOHL VERGESSEN, WIE UNBOTMÄSSIG DU DICH LETZTENS VERHALTEN HAST!

VERZEIHT, DASS IHR WARTEN MUSSTET!

WENN DU MICH LANGWEILST, LASSE ICH DICH AUF DER STELLE HINRICHTEN.

WAS HAT MIR EIN MITTELLOSES MÄDCHEN OHNE TALENT SCHON ZU BIETEN?

... UND LIESS SIE DIE UNTERSCHIEDLICHSTEN DINGE ERLERNEN, DAMIT SICH IHR WERT STEIGERN WÜRDE. WUSSTET IHR DAS?

ER KAUFTE WEIBLICHE SKLAVEN IN GROSSER ZAHL ...

... GAB ES EINEN PRINZEN, DER NACH DEM THRON STREBTE.

EINST, IN EINEM NACHBARLAND, ...

FLAPP

WER HAT GESAGT, ...

... DASS ICH NICHTS KANN?

ABER ...

... WENN ICH SO DIEJENIGEN SCHÜTZEN KANN, DIE PRINZ KALLUM WICHTIG SIND, ...

DIE AUSBILDUNG WAR HART UND MEIN LEBEN LIESS MIR NICHT EINMAL ZEIT FÜR SCHLAF.

TROTZDEM ...

... ERTRUG ICH ES, WEIL ICH AN DEN MANN GLAUBTE, DER MICH AUS DEM SKLAVENKÄFIG BEFREIT HATTE.

ICH DACHTE, ...

... DASS ICH NIE WIEDER TANZEN WÜRDE.

Ihr Sklaven seid eine Schande, ihr befleckt meinen Namen!

BIS ER DEN THRON ERREICHT HATTE.

DU HAST MEINE NEBENFRAUEN EXZELLENT BESCHÜTZT.

ABER WENN ICH EUCH NICHT BESCHÜTZEN KANN, ...

... DARFST DU DESHALB NICHT DEIN EIGENES LEBEN IN GEFAHR BRINGEN.

ICH HABE DICH MIR AUS- ERWÄHLT.

ICH WERDE JETZT NICHT NACH DEINER VERGANGENHEIT FRAGEN.

Hey!

SOLL DAS EINE FRAGE SEIN?

D...

DANKE SCHÖN ...?

Dreckig ...

UND ...

SELBSTVER- STÄNDLICH!

DIESMAL IST DIR JA ZUM GLÜCK NICHTS PASSIERT. ABER TU DAS NICHT NOCH EINMAL!

HABT IHR ...

... EUCH SORGEN GEMACHT?

UM MICH?

ICH ...

... DAS ERSTE MAL, DASS JEMAND NETT ZU MIR IST.

ALSO ...

... HABE ICH ÜBERLEGT, OB ICH NOCH EIN BISSCHEN IM HAREM BLEIBEN KANN ...

Ah!

ICH WERDE MIR MÜHE GEBEN, WENIGSTENS DEN ZOFEN ZU HELFEN!

ICH WARNE DICH BESSER VOR, ...

PACK

HÄ?

Kapitel 2

VON HEUTE AN WIRST DU ZU MEINEM HAREM GEHÖREN.

ES SIND INZWISCHEN EIN PAAR TAGE VERGANGEN, ...

... SEIT ICH DIE 30. NEBENFRAU VON PRINZ KALLUM, DER ÜBER DIE SÜDLICHE PROVINZ DES KÖNIGREICHES JALBARA HERRSCHT, GEWORDEN BIN.

JETZT EINE DREHUNG ...

... HÖR AUF DIE MUSIK!

ICH TUE ES ZWAR NUR WIDERWILLIG, ...

DANN HAT MICH PRINZ KALLUM AUFGELESEN.

ICH ERHIELT EIN STRENGES TRAINING IN VERSCHIEDENEN DINGEN WIE TANZ ODER FREMDSPRACHEN.

... WAR ICH IN EINEM NACHBARLAND ALS SKLAVIN IN EINEM HAREM.

ICH LERNTE, DASS ER FRAUEN RESPEKTIERT, ANDERS ALS DER VORHERIGE PRINZ.

ABER DANN WURDE ICH VERRATEN UND LERNTE, DAS KÖNIGSHAUS ZU HASSEN.

WAS SOLL ICH MACHEN? DEINE VÖLLIG ÜBERTRIEBENEN REAKTIONEN SIND EINFACH ZU AMÜSANT.

DAS LIEGT DARAN, DASS IHR MIR ÜBERTRIEBEN AUF DIE PELLE RÜCKT!

DU BIST ECHT DIE EINZIGE, DIE MICH SCHLÄGT.

ICH WÜRDE GERNE MEHR ÜBER IHN ERFAHREN, ABER ...

Wie erwartet, kein Funke an Eleganz.

SO ETWAS PASSIERT JEDEN TAG ...

„Diese Sache" ...?

VERGESSEN WIR DIE SACHE. BRING MIR RASCH ETWAS ZU TRINKEN!

UNTER EHE STELLE ICH MIR ETWAS ANDERES VOR.

BEVOR ICH ES MERKTE, ...

... WAR ICH ZU SEINEM KLEINEN SPIELZEUG GEWORDEN.

SOLLTE MAN SICH NICHT AUFEINANDER VERLASSEN UND SICH GEGEN-SEITIG UNTER-STÜTZEN?

WENN ER DAS WEITERHIN JEDEN TAG MACHT, ...

DRÄNGEL DICH NICHT VOR!

Mal sehen ... Das wird auf alle Fälle so gemacht ...

... WIRD ER MEIN HERZ JEDENFALLS NICHT FÜR SICH GEWINNEN!

SEID IHR NOCH NICHT IN EUREN ZIMMERN?

Nanu?

Nein, das mache ich!

Ich will das tragen!

Nein.

ICH BEREITE DIE FRÜCHTE VOR!

WAS FÄLLT DIR EIN, DICH GANZ ALLEINE BEI PRINZ KALLUM EIN-SCHMEICHELN ZU WOLLEN?!

Dann lass mich ...

Und ich, ähm ...

Hey!

WIR SIND NOCH NICHT MÜDE.

PLAPPER BITTE NICHT SO VIEL IN SO EINEM KLEINEN RAUM!

DAS IST GIFT.

...

PRINZ KALLUM?

WAS?!

WER HAT DAS ZUBEREITET?

ICH NICHT!

ICH WAR ES AUCH NICHT!

SCHÜTTEL SCHÜTTEL

LASST MICH ZUNÄCHST ...

GIFT?!

... MIT JEDER EINZELN ...

... SPRE...

WHAP

ICH HABE IN DER VERGANGENHEIT SCHON OFT GIFT VERABREICHT BEKOMMEN.

SCHON OFT?

...

WAS TUST DU DA?

FWIP FWIP FWIP

ICH UNTERSUCHE EUCH.

IM NACHBARLAND WURDE ICH AUCH EIN WENIG IN HEILKUNDE UNTERWIESEN.

Zumindest so viel kann ich tun.

ES IST NICHTS PASSIERT.

STELLT KEINE ÜBERTRIEBENEN NACHFORSCHUNGEN AN.

WIE FÜHLT IHR EUCH?

BERUHIGE DICH.

ICH BIN IMMUN GEGEN GIFT.

SEHR GRÜNDLICH, DIESER PRINZ IM NACHBARLAND, ...

... DASS ER EUCH SOGAR DARIN UNTERWEISEN LIESS.

ZULETZT WURDEN SEINE NEBENFRAUEN ENTFÜHRT.

UND ICH VERBIETE, DASS IRGENDETWAS HIERVON WEITERERZÄHLT WIRD.

WAHRSCHEINLICH IST ES NORMAL, DASS JEMAND IHM NACH DEM LEBEN TRACHTET.

BEVOR SO ETWAS NOCH MAL PASSIEREN KANN, ...

irgendein Beweis?

Ist hier nicht noch ...

ABER ZU SAGEN, ES SEI NICHTS PASSIERT, ...

... IST EIN WENIG ZU OPTIMISTISCH!

... MUSS DER TÄTER GEFASST WERDEN.

PRINZ KALLUM WILL DER NÄCHSTE KÖNIG WERDEN.

ER HAT DIE SÜDLICHE PROVINZ, DIE SO VERFALLEN WAR, BEFRIEDET.

DACHTE ICH ES MIR DOCH!

PRINZ KALLUM?!

DU HÖRST AUCH NIE AUF DAS, WAS MAN DIR SAGT!

* Mishe *

Sie ist eine Frau,
die sich kaum aus der
Ruhe bringen lässt,
wenn Dinge so laufen,
wie sie es gewohnt
ist. Aber die Liebe
bringt sie ganz schön
durcheinander ...

Weibliche Charaktere
kann ich jedes Mal
relativ problemlos
konzipieren.

Die Größe ihrer
Brust verändert sich
je nach Szene.

Und ich verbiete, dass irgendetwas hiervon weitererzählt wird

SIE IST SCHLIESSLICH AUCH NICHT GERN EINE NEBENFRAU.

SIE KÖNNTE ES GETAN HABEN!

ES WURDE GANZ EINDEUTIG WEITERERZÄHLT.

ABER WER GENAU HAT DIESES GERÜCHT VERBREITET?

ES STIMMT, DASS ICH DAS TRINKEN ZUBEREITET HABE.

DU WIRST VERDÄCHTIGT, MISHE.

... UM IHR VERBRECHEN ZU VERTUSCHEN?

DIE BEIDEN WAREN GESTERN DABEI.

SCHNIPP

BEACHTE ES GAR NICHT!

STARR

SEHR VERDÄCHTIG ...

HABEN SIE DAS GERÜCHT ÜBER MICH IN DIE WELT GESETZT, ...

DU BIST AUCH ALS TRIBUT VON EINEM ANDEREN HAREM ZU UNS GEKOMMEN.

STIMMT JA.

ICH FRAGE MICH UNTER ANDEREM, ...

... WIE ES SO IN DEINEM FRÜHEREN HAREM WAR.

ALS TRIBUT?

ABER SAG MAL, ...

... DU BIST FRÜHER IN EINEM ANDEREN HAREM GEWESEN, ODER?

Ja.

WIESO?

ABER PRINZ KALLUM NIMMT DIE FRAUEN IMMER NUR AN, ...

... ER SCHENKT KEINE ZURÜCK.

NEBEN-FRAUEN WERDEN OFT ALS GESCHENKE AUSGE-TAUSCHT, ...

... UM VER-HANDLUNGEN VORANZU-TREIBEN.

VER-STEHE ...

FÜR MEINEN VORHERIGEN PRINZEN WAREN FRAUEN NUR MITTEL ZUM ZWECK.

ICH KANN NICHT SAGEN, DASS ICH GUTE ERFAHRUNGEN GEMACHT HABE.

IN MEINEM FRÜHEREN HAREM WAR ES WOHL ÄHNLICH.

ER HAT SICH WOHL DAZU ENT- SCHIEDEN, DAS ALLEINE ZU TUN, ...

... WEIL ER NIEMANDEM VERTRAUEN KANN.

ABER EINE BEZIEHUNG ZWISCHEN MANN UND FRAU OHNE VERTRAUEN ...

... FINDE ICH IRGENDWIE SCHRECKLICH TRAURIG.

HÖR DOCH!

RED KEINEN UNSINN!

ICH HAB DOCH GESAGT, ICH WEISS NICHTS!

DU BIST ES DOCH SELBST GEWESEN!

ABER ...

... VIELLEICHT IST DIR JA ZUMINDEST ETWAS VERDÄCHTIGES AUFGEFALLEN!

AAH
...

WAS HAST DU HIER ZU SUCHEN?!

ENT-SCHUL-DIGE! ALLES OKAY?

Ah!

...

FWUMB

AUUUAAA!

UND SO SCHWER...

DIESE FRAU IST DIE TÄTERIN. ALSO WAS ERWARTEST DU VON MIR?

GEH AUS DEM WEG!

NEIN!

UND WIE LANGE WOLLT IHR EIGENTLICH NOCH EUER SCHWERT AUF UNS RICHTEN?!

Was ist los?!

Mein Magen...

Ugh!

EIN LEICHTER SCHLAG IN DIE WEICHTEILE UND DER WÄCHTER IST SOFORT OHNMÄCHTIG GEWORDEN.

ARGH!

AN EURER STELLE WÜRDE ICH DIE MAL ORDENTLICH DRILLEN!

WARUM HAST DU DAS GETAN?

ICH HABE MICH EINFACH OHNE NACHZUDENKEN DAZWISCHEN-GEWORFEN.

ABER EGAL...

NICHT DIREKT...

DIESE SCHWERT-TECHNIK... HAST DU DAS AUCH IM NACHBAR-LAND GELERNT?

NICHT IM ERNST?!

Gift wirkt bei mir nicht.

NACHDEM IHR GIFT-ANSCHLAG FEHLGE-SCHLAGEN WAR, ...

... AUS DEM HAREM DES ERSTEN PRINZEN ZU UNS.

DIESE FRAU KAM NUR KURZ VOR DIR ...

... MIR BEFOHLEN, PRINZ KALLUM UMZUBRINGEN.

M... MAN HAT ...

ICH HATTE ANGST, MICH DEM BEFEHL ZU WIDER-SETZEN.

... IST SIE UNGEDULDIG GEWORDEN UND HAT DAS GERÜCHT ÜBER DICH VERBREITET.

Ich habe gehört, dass Mishe das Trinken zubereitet hat.

ALS SIE DANN IHRE CHANCE SAH, HAT SIE ZU DRASTISCHE-REN MITTELN GEGRIFFEN.

ICH FÜRCHTE, DIES GESCHAH ALSO AUF BEFEHL MEINES BRUDERS.

ABER ...

WENN DAS ÖFFENTLICH WIRD, WIRD MAN SIE HINRICHTEN.

EIN ANSCHLAG AUF DIE KÖNIGLICHE FAMILIE IST EIN KAPITAL-VERBRECHEN.

JETZT, WO MEIN ATTENTAT FEHLGE-SCHLAGEN IST, ...

... WÄRE MEIN LEBEN AUCH DANN VERWIRKT, WENN ICH ZURÜCKKEHREN WÜRDE.

DARAUF BIN ICH VORBE-REITET.

DAS IST IN ORD-NUNG ...

Ver-stehe ...

DU BIST SEHR TAPFER ...

Die Macht-haber sind wohl überall gleich ...

IST IHRE REUE DENN NICHT GENUG?

ICH WEISS, ...

SIE HAT DICH HINTER-GANGEN!

DRÜCK

... WIE DAS ANFÜHLT, WENN MAN ANGST HAT ...

... UND SICH NICHT WIDER-SETZEN KANN.

... IMMER WIEDER SPIELEND LEICHT ÜBER DEN HAUFEN.

Die Macht-haber sind wohl überall gleich ...

DIESE SELBSTVER-STÄNDLICHE ANNAHME ...

... WIRFT PRINZ KALLUM ...

... WERDE ICH DICH BESCHÜTZEN.

Etwas später

... sondern traditio-nelle Kräuter.

Es hat sich gezeigt, dass es kein Gift war, ...

Darf ich dich meine Schwester nennen?

Ähm ...

... nie Mishe in Verdacht!

Ich hatte von Anfang an ...

Kapitel 3

OB SICH PRINZ KALLUM BALD MAL EINE HAUPTFRAU AUSSUCHEN WIRD?

Südliche Provinz.

Harem des dritten Prinzen, Prinz Kallum.

ICH BIN MISHE.

SEINE BRÜDER HABEN SICH LÄNGST HAUPT-FRAUEN ERWÄHLT ...

... UND WENN ER NACH DEM THRON STREBT, MÜSSTE ER ES UMSO MEHR.

ABER ...

... FÜR EINE EHEMALIGE SKLAVIN WIE DICH IST DAS SICHER NICHT VON BEDEUTUNG, ODER?

ICH LEBE HIER ALS PRINZ KALLUMS 30. NEBENFRAU.

HÄTTET IHR EUCH NICHT WENIGSTENS ...

BEI DEM GIFT-ANSCHLAG LETZTENS ...

NICHT WIRKLICH. ICH ...

... ein bisschen von mir helfen lassen können?

... HABE AUCH NICHT DIE ABSICHT, SEINE HAUPTFRAU ZU WERDEN.

Nein, nein!

ICH WERDE ES SELBER AUFRÄUMEN!

ICH RÄUME DAS GESCHIRR AB, JA?

WAS FÜR EINE FRECHE ANTWORT!

... WURDE MIR ZWAR BEWUSST, DASS ICH AN SEINER SEITE BLEIBEN MÖCHTE, ABER ...

ICH FINDE SCHON EINE WEILE, ...

MIR WAR VON ANFANG AN KLAR, ...

UND WENN ICH NUR AN SEINER SEITE SEIN WILL, KANN ICH DAS AUCH ALS NEBEN-FRAU.

NATÜRLICH HABE ICH KEINE VORNEHME HERKUNFT.

... DASS DIE ROLLE DER HAUPTFRAU FÜR MICH NICHT INFRAGE KOMMT.

KLIRR

KLIRR

IST DAS EINE VERKLEIDUNG, UM EURE HERKUNFT ZU VERBERGEN?

WAS IST?

WENN ICH MICH UNTER DAS GEMEINE VOLK MISCHE, KANN ICH MIR EIN EHRLICHERES BILD VON DER STADT MACHEN.

Genau.

SONST HABE ICH IMMER BEDIENSTETE DABEI ...

HM ...

IRGENDWIE ...

DAS HABE ICH BERÜCKSICHTIGT, DESHALB HABE ICH DICH JA MITGENOMMEN.

Die Aura des Königshauses lässt sich nicht verbergen.

ABER ...

... SELBST EURE VERKLEIDUNG STICHT ZU SEHR HERVOR.

... KOMMT MIR DAS WIRKLICH WIE EIN RENDEZVOUS VOR ...

HM?

BLICK

BLICK

Wie jetzt?

Rendezvous

DEINE AURA DES GEMEINEN BÜRGERS NEUTRALISIERT DAS.

ACH SO?

Hm?

ICH ESSE FAST AUS-SCHLIESSLICH DAS ESSEN AM KÖNIG-LICHEN HOF.

KEIN BEDARF.

IHR HABT ES SELBST BEZAHLT, ALSO SOLLTET IHR ES SELBST ESSEN!

OKAY, ABER DAVON ABGE-SEHEN.

In dem Fall hau ich rein.

ABER ICH FINDE, IHR SOLLTET AUCH MIT DEN DINGEN DER STADT IN KONTAKT KOMMEN.

Weil ich Hunger hatte, schmeckt es noch besser.

TATSÄCH-LICH ...

MAMPF

DU HAST RECHT.

LECKER ...

HALLO!

DAS IST MEIN KLEINER BRUDER, DER VIERTE PRINZ, ... JOHAN.

DASS IST ABER SELTEN, DASS DU NUR ZU ZWEIT MIT EINER FRAU DRAUSSEN UNTERWEGS BIST!

SEIN KLEINER BRUDER!

ICH BIN HEUTE INKOGNITO.

SCHNÜTTE

SCHNÜTTE

★ Kallum ★

Am Anfang war geplant, dass er unter der Fuchtel seiner Ehefrauen steht.

Danach wurde er ein Charakter, der unter vielen Sorgen zu leiden hat. Nach immer weiteren Veränderungen wurde er schließlich zu dem jetzigen, eingebildeten Charakter.

Da seine Sprüche so raubtierhaft sind, bekomme ich jedes Mal einen roten Kopf, wenn ich sie mir überlege.

AAAAH

TU DU DAS GLEICHE, MISHE!

ICH REDE MIT DEN LEUTEN VOR ORT.

ICH HABE SIE MITGENOMMEN, WEIL ICH DIE GEPFLOGENHEITEN DES NORMALEN BÜRGERS NICHT VERSTEHE.

BIS SPÄTER!

NUR ...

... MITGE-NOMMEN ...

SOLCHE PRINZEN GIBT ES ALSO AUCH.

Aha-ha!

PRINZ KALLUM!

IN ORD-NUNG.

JA.

... ABER ...

... ZU BE-SPRECHEN ...

ICH HABE NOCH ETWAS MIT EUCH ...

WAS DENN?

... KANN ICH DICH WAS FRAGEN?

SAG MAL, ...

... IN PRINZ KALLUM VERLIEBT?

MISHE!

ICH VERSTEHE DAS.

ER IST STARK UND GALANT.

ER ZEIGT KEINE SCHWÄCHE.

HM?

ÄHM ...

WER WEISS?

WAS MEINST DU MIT „MÖGEN"?

BIN ICH ETWA ...

91

ICH KANN IHM NICHT IN DIE AUGEN SEHEN ...

WIR SOLLTEN LANGSAM ZURÜCK!

GUING

KOMM MAL KURZ, GROSSER BRUDER!

...

MIST.

... ABER ES NERVT MICH IMMER, WENN ER MIR ZU NAHE KOMMT.

TAPP TAPP

ICH HASSE PRINZ KALLUM ZWAR NICHT, ...

DIESER IDIOT!

DU MAGST IHN SEHR, ODER?

ALSO WARUM KÜMMERT ES MICH, ...

ICH VERSTEHE ES NICHT, SO SEHR ICH AUCH DRÜBER NACHDENKE.

KEINE CHANCE ...

... OB ICH SEINE HAUPTFRAU WERDEN KANN?

JEDEN- FALLS ...

BLUSH

UND TROTZDEM HAB ICH MICH SELBST VERRÜCKT GEMACHT ...

ICH WUSSTE ES.

Was? Wie Langweilig!

... UND DUMME GEDANKEN ANGESTELLT. ...

ES IST GANZ GUT, DASS ICH BEIZEITEN ERFAHREN HABE, ...

... WAS PRINZ KALLUM WIRKLICH EMPFINDET.

ICH KOMME MIR VOR WIE EIN TOTALER IDIOT.

GNNG

JETZT WÜRDE ICH MICH GERN IN EIN LOCH VERKRIECHEN ...

DENN, SONST WÄRE ICH WAHRSCHEINLICH UNMERKLICH ...

Hah ...

AAAH!

... NOCH TIEFER HINEINGERATEN.

BAMM

HEY, GROSSER BRUDER!

ICH WOLLTE MICH, BEVOR IHR GEHT, NOCH VON MISHE VERABSCHIEDEN, ...

ÄH...

WA...?

...
ABER ICH KANN SIE NIRGENDS FINDEN.

ICH DARF...

ICH BIN AUSGE-RUTSCHT.

TUT MIR LEID, WENN IHR EUCH SORGEN GEMACHT HABT!

KÖNNT IHR JEMANDEN HOLEN, UM MIR RAUSZU-HELFEN?

MIR GEHT ES GUT.

...IHM NICHT NOCH NÄHER KOMMEN.

DAS GEHT AM SCHNELLS-TEN.

ICH HOLE EINEN DER ARBEITER HIER VOR ORT.

FVISH

DENN
SONST
...

PLATSCH

DU
...

WHFCK

... DUMMES
DING!

DU BIST
NOCH VIEL ZU
GRÜN HINTER
DEN OHREN,
UM MICH ZU
TÄUSCHEN!

UND SELBST JETZT SCHAUST DU NOCH VERHEULT AUS!

... GIBT ES FÜR MICH KEIN ZURÜCK MEHR.

WAS DENN?

ICH STREITE JA NICHTS AB, ABER ICH VERSTEHE NICHT GANZ, WORAUF DU HINAUS WILLST.

UND WESSEN SCHULD IST DAS WOHL, ...

BA TSCH

Erklär mir mehr!

... PRINZ RUMGESCHÄKER?!

STREITE ES AB!

Und pass bloß auf!

MACHT MIR KEINE FALSCHEN HOFFNUNGEN, ...

... WENN ICH DOCH NUR EIN ZEITVERTREIB FÜR EUCH BIN!

Das hast du also gehört?

DAS ...

ICH BIN DIE EINZIGE, DIE IHR SO NECKT, IHR MACHT MICH ZUM GESPÖTT ...

DU ...

PRINZ JOHAN IST EIN GUTER MENSCH!

ER SIEHT ZWAR NICHT SO AUS, ABER ER IST ZIEMLICH NIEDERTRÄCHTIG.

... HABE ICH DOCH NUR ZU JOHAN GESAGT.

Du bist schließlich meine Nebenfrau!

AUF WESSEN SEITE STEHST DU EIGENTLICH?

Lecker!

WOBEI ICH ...

... DIR VORHER ERST GEBÄCK SCHENKEN MUSS.

DAS VERLETZT ...

MEINEN STOLZ.

ÜBERHAUPT, ...

... BEI JOHAN FÄLLT ES DIR OFFENBAR LEICHT, IHM EIN LÄCHELN ZU SCHENKEN.

... WENN DU DIR DAS EINGESTANDEN HAST, ...

DANN BIN ICH WOHL IN IHN VERLIEBT.

... DANN LASS MICH ENDLICH DEN NÄCHSTEN SCHRITT TUN.

ÄHM ...

WÄRT IHR DANN JETZT BEREIT FÜR DIE RETTUNG?

WENN ER SICH NICHT NACH MIR UMSIEHT, MUSS ICH IHN DAZU BRINGEN, MICH ZU BEACHTEN.

AUCH WENN ES DANN FÜR MICH KEIN ZURÜCK MEHR GIBT ...

SOLANGE ES EINE CHANCE GIBT, WILL ICH NICHT AUFGEBEN.

Du kannst dir einen Mantel leihen.

JAAAAAAH

Kapitel 4

PRINZ KALLUM, DER ÜBER DEN SÜDEN DES LANDES REGIERT, ...

... HAT MICH, EINE EHEMALIGE SKLAVIN, AUFGELESEN ...

... UND ZU SEINER 30. NEBENFRAU GEMACHT.

Von heute an wirst du zu meinem Harem gehören.

VON ALL SEINEN NEBENFRAUEN WIRD NUR EINE AUSGEWÄHLT, UM SEINE HAUPTFRAU ZU WERDEN.

AUCH ICH WÜRDE GERNE DIEJENIGE SEIN.

DENN ...

... ICH GLAUBE, ...

... DASS ICH ...

... IN IHN VERLIEBT BIN.

... HATTEST DU NICHT INTERESSE AN MIR BETEUERT?

ER KOMMT!

WAS MACHST DU DA?

E... E... ENT- SCHULDIGT!

IN LETZTER ZEIT BIN ICH MIR DESSEN VIEL ZU BEWUSST!

Er ist zu nah!

DIE BÜCHER SIND ZU FEST HINEINGE- STOPFT.

NICHT!

DA FÄLLT MIR EIN, ...

... DASS MEINE SOZIALE STELLUNG NICHT FÜR GUT ERACHTET WIRD.

WENN DU MÖCHTEST, KANNST DU EINE WEILE MIT ZU MIR KOMMEN.

HÄ?

Da ich bin ich wieder!

ICH HABE MIT IHM GEREDET ...

ICH WUSSTE, ...

JA, ABER ...

ICH WERDE KURZ MIT MEINEM BRUDER SPRECHEN.

...

... UND IHN GEBETEN, DICH MIR FÜR EINE WEILE ZU ÜBER-LASSEN.

TROTZ-DEM ...

... KOMMST DU MIT IN MEINEN HAREM?

ALSO, ...

...

WARUM HABE ICH NICHT BEMERKT, ...

... DASS ICH IHM PROBLEME BEREITE?

ICH WAR DOCH IMMER AN SEINER SEITE ...

WIR DACHTEN, IHR WÜSSTET, WO SIE SICH AUFHÄLT ...

IST SIE IN IHREM ZIMMER?

NEIN.

DA SIND WIR UNS SICHER.

IN LETZTER ZEIT BEKOMME ICH MISHE GAR NICHT MEHR ZU GESICHT.

ICH BIN JETZT SCHON SEIT DREI TAGEN ...

... IN PRINZ JOHANS HAREM ...

...

Im Osten.

Prinz Johans königliche Residenz.

WAS WOHL PRINZ KALLUM ...

... JETZT GERADE MACHT?

MISHE!

DU DA!

Ich kenne kaum ihre Gesichter.

SIE WECHSELN SO OFT, DA HABE ICH DAS GAR NICHT BEMERKT.

Ach ja?

J... JA.

HAST DU DICH HIER EINGELEBT?

VIELE DEINER NEBENFRAUEN SIND SEHR HÜBSCH.

ZE

RR

AAH!

SIE WECHSELN?

AH!

FALLS ICH NOCH MEHR BRAUCHE, KANN ICH JA JEDERZEIT NEUE BESCHAFFEN...

ICH GEBE SIE EINEM UNTERGEBENEN ALS BELOHNUNG.

Hm?

PRINZ JOHAN?! WAS SOLL DAS DENN?

WHAP

DAS IST JA FURCHTBAR!

PRINZ JOHAN IST GENAUSO WIE DER REST DES KÖNIGSHAUSES.

ABER...

FRAUEN SIND KEINE SACHEN.

ICH...

...HASSE ES WAHNSINNIG, WENN MAN MICH MIT MEINEM GROSSEN BRUDER VERGLEICHT.

PRINZ KALLUM WÜRDE SO ETWAS NIE TUN.

... WERDEN ZWEIFELLOS EBENFALLS VON NIEMANDEM WERTGESCHÄTZT.

MENSCHEN, DIE ANDERE NICHT WERTSCHÄTZEN KÖNNEN, ...

ER WILL MICH NICHT VERSTEHEN ...

... IST ES JA WOHL MEINE SACHE, WIE ICH MEINE NEBENFRAUEN BEHANDLE, ODER?

AUSSERDEM ...

BIST DU NICHT SELBST ...

... KEINE AHNUNG, WAS DU DA SAGST.

ABER PRINZ KALLUM ...

N...

NEIN!

Rachel

Alles in Ordnung?

Ja.

... HAT MICH AUFGELESEN, OBWOHL ICH EIN NICHTS WAR, ...

Vielen Dank!

... VON MEINEM BRUDER ALS LÄSTIG EMPFUNDEN WORDEN, SODASS ER DICH WEGGEWORFEN HAT?

Namenlose Nebenfrauen

Ich hatte geplant, dass sie Mishe noch etwas mehr hänseln würden, aber irgendwie wurden sie schlussendlich Freundinnen, die sich um sie kümmern.

Kallums Brüder

In meinem Bekanntenkreis ist Yousef aus irgendeinem Grund sehr beliebt.

Bei Johan wollte ich ein „reines schwarz" erreichen. Er ist der Charakter, der mir am leichtesten von der Hand geht.

ICH HAB'S VER-MASSELT ...

... UND HAT MICH IMMER AN SEINER SEITE BEHALTEN.

FVAAA

FVAAA

AH!

FÜR MICH ...

... WAR DAS GENUG, DAMIT ICH GLÜCKLICH WAR.

Sag mal!

BIST DU WIRKLICH AUS PRINZ KALLUMS HAREM?

HM? JA ...

Oh.

ENTSCHUL-DIGT DIE STÖRUNG!

ALLES IN ORD-NUNG?

JETZT TAUCHT ER SOGAR SCHON IN MEINEN TRÄUMEN AUF ...

PRINZ KALLUM ...

GEHT NICHT!

ICH BIN ES LEID, MICH VON PRINZ JOHAN SO BEHANDELN ZU LASSEN!

ABER EINEN ANDEREN WEG GIBT ES NICHT, SELBST WENN ICH AUF IMMER DAMIT HADERE.

DASS ICH MICH ENTSCHIEDEN HABE, IHN ZU VERLASSEN, GENÜGT NICHT.

OH NEIN!

DAS WAR MAL EIN EHRLICHER TRAUM!

...

...irgendwie helfen!

Lasst mich...

NIEMAND HAT ERWARTUNGEN AN IHN, WEDER DER KÖNIG NOCH SEIN UMFELD. ER WIRD AUCH NIE EIN LAND ZUM REGIEREN ERHALTEN.

HAST DU VERGESSEN, WIE ER DIR GESTERN WEHGETAN HAT?

ABER ...

... IMMERHIN ERNÄHRT ER UNS.

AUSSER- DEM ...

... HABEN WIR SOWIESO DIE NIETE GEZOGEN.

DASS MAN UNS AUSGERECHNET MIT DEM NUTZLOSEN JÜNGSTEN SOHN VERHEIRATET HAT ...

WAS BEDEUTET WERT- SCHÄTZUNG?

Oh.

DAS IST MIR JETZT PEINLICH.

Ähm ...

HALLO ...

TABS TABS TABS TBS

HM?

UH!

SEIT DU DAS GESAGT HAST, ...

... DENKE ICH DIE GANZE ZEIT DARÜBER NACH.

SAG MAL ...

ERNST-HAFT?!

DIE GANZE ZEIT DABEI GEWESEN.

NACHDEM DU PLÖTZLICH VERSCHWUNDEN WARST, ...

W... W... WIESO?!

... HABE ICH ÜBERLEGT, OB JOHAN VIELLEICHT ETWAS IM SCHILDE FÜHRT.

WEIL ...

... ICH IHN BEHINDERE?

IN LETZTER ZEIT ...

... WUSSTE ICH NICHT, OB ES EINE GUTE IDEE IST, DICH ZURÜCK IN DEN HAREM ZU BRINGEN.

... AUCH WENN ICH DIR HELFEN WOLLTE, ...

ABER ...

PRINZ JOHAN SAGTE, ER HABE MIT EUCH GESPROCHEN ...

ABER ...

Ha?

ER HAT DICH REIN-GELEGT.

ICH HABE NICHTS DAVON GE-WUSST.

...
WARST DU
DERMASSEN
NIEDLICH, DAS
WAR JA KAUM
AUSZUHALTEN.

NEIN
...

WARUM?

ER
SAGT,
ER SEI
VERLEGEN
...

UND WARUM
VERSTECKT
IHR EUER
GESICHT?!

W...
WAS REDET
IHR DA?

HÄ?!

IMMER,
WENN DU
VOR ZORN
ROT AN-
GELAUFEN
BIST ...

... ODER
WENN DU
MAL WIEDER
BOCKIG
WARST ODER
FÜR MICH
HERUMGEEILT
BIST, ...

S...

SEID
IHR MIR
DESWEGEN
AUS DEM
WEG GE-
GANGEN?

DIE
FRAUEN-
KLEIDER
SIND VIEL
PEINLICHER!

ES
IST MIR
PEINLICH,
DASS DU
MICH SO
VERLEGEN
SIEHST.

UND DU HAST UNTER DEN MACHT-KÄMPFEN IM HAREM UND DEM KÖNIGSHAUS ZU LEIDEN.

ABER IM HAREM BIST DU STÄNDIG DIE ZIELSCHEIBE ANDERER.

... FAND ICH DAS UNHEIMLICH SÜSS.

ALS MIR DAS KLAR WURDE, HABE ICH EIN BISSCHEN AB-STAND ZU DIR GEHALTEN.

GENAU WIE BEI MIR ...

MIR IST MEHR UND MEHR KLAR-GEWORDEN, WIE SEHR ICH MICH ZU DIR HINGEZOGEN FÜHLE.

PRINZ JOHAN HAT ES AUF EUER LEBEN ABGE-SEHEN.

GEHT! SONST FINDET MAN EUCH NOCH!

HABT IHR DEN ÜBEL-TÄTER?

ER HAT SICH SORGEN UM MICH GEMACHT.

IST SCHON GUT.

ICH MÖCHTE NOCH ETWAS SAGEN ...

Warte!

NEIN, NIEMAND ZU SEHEN.

ICH ...

... HABE MICH IN DICH VERLIEBT.

UND GENAU DESHALB ...

... KANN ICH NICHT AN DEINER SEITE BLEIBEN.

ER HAT MIR SO VIEL GEGEBEN, ...

... DAS ICH ALS SKLAVIN BEREITS AUFGEGEBEN HATTE.

ES GEHT NICHT NUR UM PRINZ JOHAN.

ICH VERMUTE, DASS MEINE SOZIALE STELLUNG AUCH IN ZUKUNFT PRINZ KALLUM ÄRGER MACHEN WIRD.

ICH HAB DORT HINTEN EINE ZWIE-LICHTIGE GESTALT GESEHEN ...

ÄHM ... ENT-SCHULDI-GUNG?

HEY!

tap tap tap

ABER DAS KANN ICH JETZT FÜR IHN TUN.

SEI DESWEGEN NICHT NERVÖS. ES WIRD ALLES GUT!

DER KÖNIG HAT VERTRETER GESCHICKT, WEIL ER SICH IN ÄRZTLICHER BEHANDLUNG BEFINDET.

WAS IST MIT PRINZ KALLUM?

Es wäre anstrengend gewesen, wenn er gestört hätte.

ICH HABE DAFÜR GESORGT, DASS ER HEUTE NICHT HIER IST.

DU INTERESSIERST DICH WIRKLICH NUR FÜR IHN, ODER?

ACH SO.

IST WOHL AUCH BESSER SO.

AUF DIESE WEISE ...

... KANN ICH IHN BESCHÜTZEN.

... NICHT LEISTEN.

ICH GELOBE HIERMIT MEINEN EINTRITT IN DEN BUND DER LIEBE, DER TREUE UND DES GEGENSEITIGEN RESPEKTS.

...

ICH, JOHAN AL JELVARAD, ...

PRINZ JOHAN, ICH HEIRATE EUCH, ...

MISHE?

... UM LEID VON PRINZ KALLUM ABZUWENDEN, SO WIE IHR ES ANGEDROHT HABT.

DU BIST DRAN.

... FÜGE MICH MIT DIESER VERMÄHLUNG IN DIE VERPFLICHTUNGEN MEINES LANDES.

ABER ICH HABE NICHT DIE ABSICHT, EUCH LIEBE ODER GEHORSAM ZU SCHWÖREN.

ICH KANN DIESEN SCHWUR ...

DER WÜSTENHAREM BAND 1 / ENDE

Mein geliebter Fuchsgott

IM WALD FAND ICH EINEN EINSAMEN UND VERLASSENEN SCHREIN.

SEIT DREI MONATEN BIN ICH JETZT IM KRANKENHAUS.

EINES NACHTS HABE ICH MICH AUS LANGEWEILE HEIMLICH DAVONGESCHLICHEN.

KYURUK

EINE DER GÖTTERFIGUREN IST KAPUTT, ...

... DER SCHREIN IST AUCH SCHON GANZ WACKELIG.

RÜTTEL RÜTTEL

FUCHS-GÖTTER?

DASS ES HIER SO ETWAS GIBT.

MIST ...

... DACHTE ICH, ...

... ER WÄRE GEKOMMEN, UM MICH ZU HOLEN.

... KÖNNEN SIE DAS DA SEHEN?

Hat sie gerade „das da" zu mir gesagt?

...

DU MEINST DIE BLUMEN?

DIE HAT DEINE MUTTER GESTERN GEBRACHT, STIMMT'S?

Die sind hübsch.

5 0 1

MIYU KAWASE

SAGEN SIE MAL, SCHWESTER, ...

NUR ICH KANN IHN SEHEN ...

Also dann, bis später!

HEY, KLEINE KRÖTE!

Pah! ICH BIN KEINE KRÖTE. ICH HEISSE MIYU.

UND ICH WILL JA GAR NICHT, DASS DU MIR VERGIBST.

WAS HAB ICH DENN DAVON, WENN ICH DICH ANBETE?

ICH HAB DOCH GESAGT, ICH VERGEBE DIR NUR, WENN DU MICH ANBETEST.

WANN HAST DU VOR, DAMIT ANZUFANGEN?

DU! GEH NICHT SO GROB MIT JEMANDES KÖRPER UM!

FHWP

WHACK

UND IMMERHIN HABE ICH DEINE FIGUR MITGENOMMEN, ANSTATT SIE DA DRAUSSEN BEI WIND UND WETTER STEHEN ZU LASSEN.

Das war viel zu bröckelig.

IST DOCH NICHT MEINE SCHULD, DASS DAS ZUSAMMEN-GEKRACHT IST, ICH BIN NUR GANZ LEICHT DRANGE-KOMMEN.

WAS?!

ABER WENN DU MIR ZUM DANK EINEN WUNSCH ERFÜLLST, SIEHT DIE SACHE VIELLEICHT ANDERS AUS.

WHUPP

BIST DU DIE TOCHTER DIESER FRAU?

JA, GENAU.

WIESO FRAGST DU?

DAS HEISST MIYU!

ERZÄHL MIR LIEBER MAL WAS VON DIR.

ICH HEISSE KOHAKU.

DAS WÜRDE MICH VIEL MEHR INTERES-SIEREN.

WIE WURDEST DU GEBOREN? WAS MACHST DU NORMALER-WEISE SO?

BIST DU WIRKLICH KEIN MENSCH?

WARA

OKAY! IST JA GUT!

Oh, das ist hoch.

WARUM SOLL ICH DIR KLEINEN KRÖTE ...

KDRR

5. Stock

RATTER

DIE GEBETE UND WÜNSCHE DER SCHREIN-BESUCHER SAMMELN SICH ALS KRAFT IN DEN GÖTTERFIGUREN AN. SO WURDEN WIR GEBOREN.

MITHILFE DER ANGESAMMELTEN KRAFT KONNTEN WIR DIE WÜNSCHE DER MENSCHEN ERFÜLLEN.

KOTETSU?

AH, DIE ANDERE FIGUR, DIE NOCH KAPUTTER WAR!

IN DIESEM SCHREIN GAB ES URSPRÜNG-LICH ...

... NOCH EINEN WEITEREN GOTT NAMENS KOTETSU.

DU BIST SO SCHWACH.

SCHNAUB SCHNAUB

BIST DU WIRK-LICH EIN GOTT?

WAS PASSIERT, WENN IHR EURE KRAFT VERLIERT?

WIR ERLÖSCHEN.

... DESHALB HABE ICH KAUM NOCH KRAFT ÜBRIG.

ABER ÜBER VIELE JAHRE KAM NUR NOCH SELTEN EIN MENSCH ZUM SCHREIN, ...

... UM DEN WUNSCH EINES SCHREIN-BESUCHERS ZU ERFÜLLEN. DANACH IST SIE ERLOSCHEN.

VOR ...

... FÜNFZEHN JAHREN HAT SIE IHRE LETZTE KRAFT BENUTZT, ...

IST DER ANDERE GOTT VERSCHWUNDEN, WEIL ER SEINE KRAFT VER-LOREN HAT?

WOLLTE ER DESHALB, DASS ICH IHN ANBETE?

SIE HATTE ES SELBST SO ENT-SCHIEDEN, ...

...

WARST DU EINSAM, ALS SIE WEG WAR?

... DES-HALB WAR ICH NICHT TRAURIG.

DASS SIE SO WEIT GING, SICH SELBST AUFZUOPFERN, NUR UM DEN WUNSCH EINES MENSCHEN ZU ERFÜLLEN ...

ABER ICH HIELT SIE FÜR EINEN DUMMKOPF.

NEIN.

DAS KANN ICH NICHT VERSTEHEN.

NUN JA.

Um dein Leben zu verlän-gern.

DU GEHST JA AUCH SO WEIT, EINEN MENSCHEN ZU WÜRGEN UND ZU BEDROHEN, UM ANGE-BETET ZU WERDEN.

SO BIST DU EBEN.

VON DIR MUSS ICH MIR DAS NICHT SAGEN LASSEN.

Oh!

WAS?

PATSCH

TOCK

ABER ...

...

NA JA ...

WIRST DU ENDLICH BETEN?

Und lasst bitte das Los gewinnen!

HABT AUCH HEUTE DANK FÜR DIESE LECKERE MAHLZEIT!

OH GÖTTER UND BUDDHA!

ES IST NOCH SO VIEL ÜBRIG ...

EINIGE TAGE SPÄTER ...

KEINE CHANCE.

Aber vielleicht denke ich ja mal über den Trostpreis nach.

...sind Das doch grad mal 100 Yen?!

WHUPP

...

ER IST BESTIMMT EINSAM.

ALS WIR DARÜBER SPRACHEN, WIE KOTETSU VERSCHWUNDEN IST, ...

... HATTE ICH DAS GEFÜHL, DASS KOHAKU TRAURIG AUSSAH, ...

Argh ...

MIR IST LANGWEILIG.

UND KOHAKU IST VON SEINEM SPAZIERGANG AUCH NICHT ZURÜCKGEKOMMEN.

WOW WOW

SEIN PARTNER, DER IMMER AN SEINER SEITE WAR, IST VERSCHWUNDEN ...

WAS HAT ER WOHL GEDACHT, WENN ER DIE KAPUTTE STATUE NEBEN SICH GESEHEN HAT?

... ALS ER SAGTE: „WAS FÜR EIN DUMMKOPF!"

FREU

FREU

Im Krankenhaus gibt es so viele Maschinen! Das macht Spaß!

OYAMA KLIN

... SCHON LÄNGST DAFÜR BEREIT.

WILLST DU, DASS ICH ERLÖSCHE?

LASS GELD VOM HIMMEL REGNEN!

MACH MICH ZU MEINEN LEBZEITEN ZU EINEM MILLIONÄR MIT HUNDERT MILLIONEN YEN!

LASS MICH ARMES DING BITTE HUNDERT MILLIONEN YEN GEWINNEN!

HE HE

Das sieht für meine Verhältnisse gut aus!

Kartonagen

DU HERZLOSES DING!

ZERR

WARUM SOLLTE ICH, DUMMKOPF?!

Hä?

HAST DU KEIN MITLEID MIT MIR?

Hast du das selbst gemacht? Du bist geschickt!

Bitte beten Sie!

ES IST JA MEIN EIGENER KÖRPER.

Ich sage dir: Ruh dich brav in deinem Zimmer aus!

Dann lass uns wenigstens noch einmal durch den Himmel fliegen!

ICH HABE ES SCHON GESPÜRT, BEVOR DER ARZT ES MIR GESAGT HAT.

ICH BIN ...

Magst du? Kannst du überhaupt essen?

STARR

Götterspeise

ABER ES GIBT NOCH EINE SACHE, ...

GELD IST DOCH NICHT WIRKLICH DAS, WAS DIR AM HERZEN LIEGT, ODER?

LASS MICH WENIGSTENS AM ENDE NOCH EIN BAD IN 10.000 YEN-SCHEINEN NEHMEN!

MIR IST SO SCHWINDELIG ...

RÖCHEL

... DIE MIR AM HERZEN LIEGT ...

ES GEHT ...

... NICHT MEHR ...

MIYU!

KROEF KROEF

WHUP

Geizhals! Kannst du mir nicht endlich diesen Wunsch erfüllen?!

ICH HAB DIR DOCH GESAGT, DASS DU NICHT KOMMEN SOLLST.

ABER DAS GEHT DOCH NICHT.

NANU?

WOHER HAST DU DIESEN FUCHS-GOTT?

HM?

... AB ...

...

WIE GEHT ES DIR?

TUT MIR LEID, DASS ICH IN LETZTER ZEIT KAUM VOR-BEISCHAUEN KONNTE!

168

HUSt

URGH
...

UÄRKS
...

FATTER
RENN

BIAMM

ICH SAGTE,
ES REICHT!
HAU ENDLICH
AB!

KLEINE
KRÖTE
...

WIE SEHR DU
DEINE MUTTER
AUCH HASSEN
MAGST, SO
KANNST DU
NICHT MIT
IHR ...

MEINE
MUTTER
HATTE ES
SCHRECKLICH
SCHWER.

...
DIESES
EHER WENIG
ANMUTIGE
GEBAREN
NOCH ÖFTER
ZU SEHEN.

KURU
HUSt

NOCH
WÄHREND
SIE MIT MIR
SCHWANGER
WAR, KAM
DIE SCHEI-
DUNG.

GEHT ES
WIEDER?

UND DANN
WURDE ICH
KRANK UND
DESWEGEN
RACKERT SIE
SICH AB.

UND
TROTZDEM
REICHT DAS
GELD NICHT
UND SIE
MUSSTE SICH
WAS LEIHEN.

WÄHREND
DIE TAGE
VERGINGEN,
BEKAM
KOHAKU ...

DIESES KIND HAT NIEMANDEN AUSSER MIR.

... HABE ICH HIER HINTER DEM KRANKENHAUS EINEN KLEINEN SCHREIN ENTDECKT.

J... JA.

ÄH ...

DARFST DU DENN SO VIEL UNTERWEGS SEIN?

ICH BIN JEDEN TAG DORTHIN GEGANGEN UND HABE GEBETET.

WAS MACHST DU DA?

ALS ICH MIT DIR SCHWANGER WAR, ...

ICH FINDE, DEINE FIGUREN ÄHNELN DEN GOTTHEITEN DORT.

DAS HAT MICH GANZ WEHMÜTIG GEMACHT.

Bitte!

Helft uns.

ICH WEISS ES.

DASS ALLES MEINE SCHULD IST.

VIELLEICHT HABE ICH ES JA WIRKLICH DEN FUCHSGÖTTERN ZU VERDANKEN, ...

... DASS ICH MIT DIR ZUSAMMEN SEIN DARF.

WAS IST?

HAB ICH WAS DUMMES GESAGT?

DIE SCHEIDUNG UND AUCH, DASS DU ES SO SCHWER HAST.

HA HA

UND WENN DU WILLST, WERDE ICH DICH TRÖSTEN, SOLANGE DU MAGST.

EHRLICH GESAGT, ...

... HABE ICH SO VIEL ANGST, DASS ICH ES KAUM AUSHALTE.

... HAB ICH DEN MUND UND ALLES FÜR MICH BEHALTEN.

ALS DIE TAGE WEITER VERGINGEN, WURDE MEIN KÖRPER IMMER SCHWÄCHER.

WEIL ICH DACHTE, DASS ES MEINER MUTTER DAS HERZ BRICHT, ...

... WENN ICH IHR SAGE, DASS ICH ANGST HABE, ...

ABER WENN ICH JETZT DARAN DACHTE, ...

Ich ...

... werde von dir viel zu viel verhätschelt.

Wahnsinn! Wir fliegen!

Der Himmel ist so nah, Kohaku!

Ich bin keine Kröte. Ich heiße Miyu.

Ich will ja gar nicht, dass du mir vergibst.

ES WAR ZIEMLICH SPASSIG, ...

... ZEIT MIT DIR ZU VER-BRINGEN.

UND DANK DER KLEINEN KRÖTE ...

... KONNTE ICH AUCH EIN BISSCHEN KRAFT AN-SAMMELN.

FWOOSH

... WAS IHRE WORTE DAMALS BEDEUTET HABEN.

... spezielle Gefühle für diese Frau entwickelt.

Warum hast du der Frau geholfen?

Ich -

- kann es dir nicht genau sagen.

...

...YU!

... ERST JETZT BEGRIFFEN, ...

Ich fand nur ...

... die Freundlichkeit dieser Frau, die jeden Tag hierherkam und nur an ihr Kind dachte, ...

... so liebenswert.

MIYU!

Womöglich habe ich ...

ICH VERMISSE DICH SO SEHR, DASS MEINE BRUST SCHMERZT.

ICH WERDE DICH NIE VERGESSEN.

ICH KANN ES NICHT VERGESSEN.

MIYU!

SELBST JETZT ERINNERE ICH MICH NOCH AN DICH, WENN ICH ZUM MOND AUFSEHE.

HIER, DEIN BENTO!

WIE JETZT? BETEST DU SCHON WIEDER?

JA.

Hast du das nicht vorhin erst getan?

HE HE

EHRLICH GESAGT, WÜRDE ICH ES NOCH ÖFTER TUN.

IST SCHON KOMISCH.

ALS DU GESUND WURDEST, IST DIE FIGUR ZERBROCHEN, ...

... ABER INZWISCHEN SIND SELBST DIE RISSE FAST NICHT MEHR ZU SEHEN.

VIELLEICHT, WEIL SICH MEINE SEHNSUCHT NACH IHM ...

... ÜBER ZWEI JAHRE HINWEG ANGESAMMELT HAT.

Die Gebete und Wünsche der Schreinbesucher sammeln sich als Kraft in den Götterfiguren an. So wurden wir geboren.

JA ...

ICH BITTE EUCH, IHR GÖTTER ...

LASST DIE BEIDEN HIERHER ZURÜCKKEHREN!

HÄ?

NICHTS, NICHTS!

ALSO, ICH BIN DANN MAL IN DER SCHULE!

Warte, Miyu! Dein Bento!

Ah!

MEIN GELIEBTER FUCHSGOTT - ENDE

Nachwort

Der Wüstenharem

Dies ist meine erste längere Serie.
Jedenfalls musste ich viel für dieses
Werk lernen. Es war harte Arbeit, die
Namen immer wieder zu ändern. Aber
dementsprechend hängt mein Herz
auch sehr an dieser Serie.

Übrigens sind diese beiden zwar fleißig
dabei, niedlich herumzuturteln, aber
am Anfang war das gar nicht so
geplant. Es macht Spaß, jedes Mal
darüber nachzudenken, wie süß ich sie
sein lassen soll.

Und ich bin schlecht darin, Frauen zu
zeichnen ... Für diesen Manga habe ich
es endlich in Angriff genommen, das
Zeichnen weiblicher Körper zu üben.

Ich mag es, Frauen-
körper anzusehen.

Mein geliebter Fuchsgott

Dies war mein dritter Manga
nach meinem Debüt. Jeden-
falls hänge ich schrecklich
an diesem Manga. Denn dies
ist eine Geschichte, die kaum
verändert wurde und noch ihre
ursprünglich Fassung hat! Ich
konnte viele Dinge zeichnen,
die ich mochte, so wie Yokai
und traditionell japanische
Dinge oder Mädchen mit
kurzen Haaren. Daher war ich
sehr glücklich. ¢

Vor allem das Zeichnen
der Hauptfigur hat sehr
viel Spaß gemacht.
Denn ich mag niedliche
Mädchen zwar auch, aber
burschikose und coole
Mädchen mag ich noch mehr ...

Außerdem bin ich, als ich
diesen Manga gezeichnet habe,
bis hoch auf die Bergspitze
des großen Fuchsschreins
in Kyoto gewandert. Da ich
das in den Manga gepackt
habe, hat sich auch der
höllische Muskelkater
am nächsten Tag in eine
schöne Erinnerungen
verwandelt.

Den Göttern
sei Dank!

Special Thanks

Danke, dass ihr mir bis zum Schluss beigestanden habt!

* Meine Managerin
* Alle aus der Redaktion des LaLa
* Alle, die an der Anfertigung dieses Mangas beteiligt waren

* Meine Schwester
* Nana Wakazuki
* Goro Sugabe

Und alle meine Leser!

Als beschlossen wurde, dass ich
diesen Manga zeichnen werde,
wollte ich wenigstens ein Gefühl
für die Wüste bekommen und bin
zu den Sanddünen nach Tottori
gefahren. Dort bin ich dann zweimal
auf einem Kamel geritten. Die sind
ja wahnsinnig süß! Der Reiseführer
erklärte mir, dass Kamele in heißen
Gebieten oft nur einen Höcker
haben, und brachte mir somit etwas
Neues bei. Wenn ich Zeit habe,
möchte ich noch einmal dorthin
fahren und Kamele sehen.

Mitsuru Yumeki

DER
Wüstenharem

SABAKU NO HAREM
BY MITSURU YUMEKI

© Mitsuru Yumeki 2014
All rights reserved.

First published in Japan in 2014 by HAKUSENSHA, INC., Tokyo.
German language translation rights arranged with HAKUSENSHA, INC., Tokyo
through Tuttle-Mori Agency, Inc., Tokyo.

Deutschsprachige Ausgabe / German Edition
© 2018 VIZ Media Switzerland SA
CH-1007 Lausanne

Verlegt unter dem Label KAZÉ MANGA
durch VIZ Media Switzerland SA
2. Auflage

Aus dem Japanischen von Katharina Schmölders

Redaktion: Patrick Peltsch

Produktion: Dorothea Styra

Lettering: Studio Charon

Druck und Bindung: GGP Media GmbH, Pößneck

Alle deutschen Rechte vorbehalten.

ISBN: 978-2-88921-249-1